ANAYA

Mágica radio

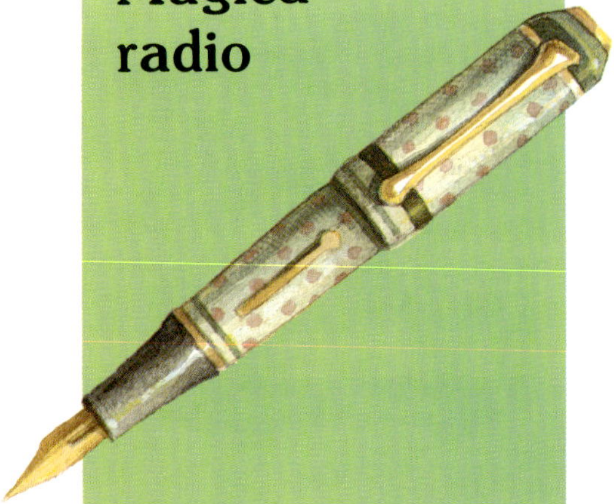

Texto:
Francisco J. Satué

Ilustraciones:
José Pérez Montero

Diseño:
Narcís Fernández

ÍNDICE

Página 8
Capítulo 1

Página 12
Capítulo 2

Página 16
Capítulo 3

Página 22
Capítulo 4

Página 27
Capítulo 5

Página 32
Capítulo 6

Página 36
Capítulo 7

Página 44
Capítulo 8

Página 48
Capítulo 9

Página 50
Capítulo 10

Página 54
Capítulo 11

Página 59
Capítulo 12

Página 67
Capítulo 13

Página 71
Capítulo 14

Página 76
Capítulo 15

Página 81
Capítulo 16

Página 86
Capítulo 17

Querido lector:

Hace muchos años leí una historia de un escritor llamado Walter Benjamin. Era un escritor que había perdido la fama en alguno de sus numerosos viajes por los libros (porque siempre estaba leyendo) y por los países de Europa. Trabajaba en la radio y escribía guiones y cuentos para los niños. Era un hombre sabio, distraído, pero jamás se olvidó de lo que representaba escribir. Para él era la única forma de estar vivo. Todo esto ocurrió originariamente en el legendario Berlín de los años treinta, un mundo que ya sólo es posible imaginar, y no siempre gracias a las películas.

De todos aquellos relatos radiofónicos de Benjamin, hubo uno que se fijó con fuerza en mi memoria. Se titulaba *La hermana Tinchen*. Era una de las historias preferidas de la infancia de Benjamin. Al adaptarlo a la radio, Benjamin parecía testarudamente empeñado en desvelar el secreto de sus años mozos.

Fue una historia que me permitió conocer a Kiko y a su madre. Al buscar ese secreto de Benjamin intenté descubrir algunas claves propias, relacionadas con mi propia vida.

Intentaba desvelar el brillo natural de algunas ilusiones del pasado.

A veces,puede ocurrir que no hallemos aquello que anhelamos y, para nuestra sorpresa, somos nosotros los encontrados. Aquellos secretos, aquellas ilusiones en la radio, aquellos recuerdos fueron los que me encontraron.

No podría explicarlo mejor.

Desde ese momento, no me quedó otra posibilidad que escribir esta historia de Kiko y Mágica.

Aunque de todo esto ya ha pasado mucho tiempo, quizá demasiado.

A Juan y Jaime. A Sofía.
A Rubén.

Amigos.

MÁGICA RADIO

1

Con seis años, Kiko era ya un personaje popular en el pueblo debido a sus numerosas y sorprendentes habilidades.

Desde que en cierta ocasión ayudó al dueño de una feria a reparar el mecanismo que ponía en marcha el tiovivo, había demostrado su ingenio muchas veces. De una forma natural, pues nunca había estudiado mecánica, parecía comprender el funcionamiento de máquinas muy complejas y, cuando no estaba en la escuela, ayudaba a los vecinos a componer los relojes, los hornillos, las lámparas y hasta los motores averiados.

No faltó quien dijera que Kiko hablaba con las máquinas.

Era un muchacho sencillo, educado, simpático. Su sonrisa inspiraba confianza y su talento provocaba comentarios admirativos entre los mayores y algo de envidia entre sus compañeros de colegio. Su flequillo recto, que le llegaba a las cejas y redondeaba el aspecto de su cara, era también muy famoso entre las niñas de la escuela.

Sin proponérselo, las gentes del pueblo comenzaron a llamar a Kiko *el Mecánico*. Ello resultaba extraordinario, pues sólo tenían sobrenombre los adultos que habían probado sobradamente su valía al realizar alguna labor.

—Tenemos que llamar al pequeño *Mecánico* —decía la gente cuando algún aparato dejaba de funcionar.

—Mira, mamá, *el Mecánico* se dirige a clase. Es tan puntual y tan modosito —comentaban admirativamente sus compañeras de colegio.

Veían a Kiko recorrer a diario el kilómetro que separaba el pueblo de la granja donde vivía con su madre. A veces llevaba entre las manos una maquinita de matar marcianitos que había encontrado abandonada en el camino. Parecía muy entretenido, pero llegaba siempre a la misma hora.

—Es curioso el caso del *Mecánico* —decían los más viejos—. Parece estar en Babia, pero controla el tiempo con tanta seriedad que apostaría que lleva un reloj dentro de la cabeza.

—*El Mecánico* será un hombre importante —aseguraban otros, muy convencidos.

Aquella forma de llamarle era una manera de manifestar aprecio y respeto, lo que no ocurría a menudo respecto a los chicos de seis años. Con el correr de los meses, Kiko tendría incluso otro apodo, *Musaraña*. Pero esto ocurrió tiempo después y no conviene adelantarnos.

2

Sólo la madre de Kiko sentía inquietud ante aquella situación. Le preocupaba la celebridad de su hijo, pues le parecía impropia y peligrosa. Muy a menudo la fama ha perturbado lúcidas inteligencias y agudos entendimientos. Y Laura, la madre de Kiko, sabía esto, pues había conocido a hombres sabios a los que la fama, como una enfermedad terrible, había transformado en seres engreídos, codiciosos, estúpidos; y también en malvados.

Por su parte, Kiko no prestaba mucha atención a la popularidad conseguida gracias a sus reparaciones. Seguía siendo un muchacho que ayudaba a su madre en los trabajos de la granja y demostraba una gran aplicación en la escuela.

—Tal vez me haya equivocado —se dijo

Laura—. Mejor así, porque no quiero que mi hijo se convierta en un aburrido sabelotodo.

Era cierto. Kiko parecía inmune a la soberbia. Y, además, se negaba a tomar dinero a cambio de su trabajo. Prefería que le regalasen lápices, acuarelas, láminas y cuadernos porque su verdadera ilusión era dibujar historietas de tebeo y pintar.

—¿Por qué no coges el dinero, *Mecánico?* —solían preguntarle sus vecinos.

Y él respondía:

—Primero, porque si tomo el dinero, nunca sé lo que quiero comprar. Y segundo, porque si me hacen un regalo me siento mejor, es como un día de fiesta.

Todos en el pueblo sabían del interés de Kiko por los tebeos y por los dibujos.

Como eran muchos los vecinos que podían disfrutar de sus electrodomésticos gracias a la generosidad del pequeño *Mecánico*, pronto dispuso Kiko de todo lo necesario para convertirse en un artista.

A Laura, su madre, le produjo un gran alivio la decisión de Kiko. Pensó que era lógi-

co que un joven de seis años se dedicara a dibujar. Sus preocupaciones al ver que su hijo, a edad tan temprana, ocupaba su tiempo colocando cables, tuercas y tornillos en motores de gran potencia, estuvieron a punto de desaparecer.

Además, ya no se asustaría por las noches, cuando Kiko regresaba a la granja, empapado en grasa desde el flequillo hasta la punta de los pies.

Laura sabía que los compañeros de Kiko se burlaban de él cuando le veían así.

—¡La criatura del Pantano! —gritaban—. ¡Kiko se ha convertido en la criatura del Pantano!

«Pero no —pensó la madre de Kiko—, todo eso se había acabado.»

3

A partir del momento en que dispuso de material en abundancia para dedicarse a dibujar, en Kiko se operó un cambio de conducta muy profundo.

Desde luego acudía a clase con la puntualidad de siempre, continuaba mostrándose atento con sus compañeros y sobre todo con Adela, la joven profesora, y seguía jugando con la máquina de matar marcianitos. No podía decirse que fuese un cambio muy espectacular. Pero no parecía el mismo de antes.

En el pueblo apenas veían a Kiko después que saliera del colegio. Se las apañaba para desaparecer en cuanto sonaba el timbre que indicaba el final de las clases.

Como las reparaciones realizadas por el

pequeño *Mecánico* eran magistrales, todavía pasó algún tiempo hasta que los vecinos echaron de menos el flequillo y la sonrisa apacible del muchacho.

Incluso su madre se alarmó. Laura tampoco sabía con certeza cuál era el paradero de Kiko, una vez concluían las clases. Y por si fuera poco, nunca se veía al muchacho con los lápices, los cuadernos y las pinturas por los que tanto había trabajado.

Era muy extraño. ¿Dónde se escondía Kiko y por qué se escondía? Nadie conocía las respuestas.

El misterio picó a Laura, que una tarde decidió seguir a su hijo al salir de la escuela. No desconfiaba, pero necesitaba saber a qué dedicaba Kiko sus horas libres.

Era invierno, con frecuencia los caminos estaban helados y se convertían en trampas muy peligrosas. Como Kiko no decía adónde iba, tampoco se comprometía a regresar a la granja a una hora concreta. Su madre pasaba malos ratos, aunque no permitía que Kiko notase su incertidumbre.

Pensado y hecho. Laura eligió para acercarse al pueblo un martes en que terminó muy temprano las faenas de la granja. Recorrió rápidamente el kilómetro de estrecho y accidentado camino a través del campo y llegó frente a la escuela.

Con el fin de que su hijo no la sorprendiera aguardando, Laura entró en la tienda de comestibles situada frente al edificio de dos plantas donde se encontraba el colegio.

La propietaria del comercio se alegró de la visita de Laura. Hacía tiempo que no pasaba por el pueblo a saludar a los amigos.

—Claro, con un chaval tan majo como Kiko... —dijo Eulalia, la tendera—. Estarás orgullosa, ¿verdad, Laura? Es buen chico.

—Sí. Kiko es muy cariñoso, hace todos los recados y en la granja trabaja mucho. Se levanta temprano para dar de comer a las gallinas, los conejos, los cerdos, y también riega las lechugas y los tomates.

—¿Y le da tiempo a todo? —Eulalia estaba maravillada.

—Pues... sí —contestó Laura—. Se organiza muy bien, y me ayuda mucho.

La tendera sonrió complacida, pero siguió haciendo pregunta tras pregunta.

—¿Y ve Kiko la televisión?

—¿Cómo? —Laura miraba a través del escaparate la fachada del colegio, atenta a la salida de los alumnos.

—Que si Kiko no descansa algún rato y ve la televisión —insistió Eulalia.

Laura no entendía esa pregunta.

—Pues no... —respondió distraída—. No la ve.

—¿Nunca? —Eulalia estaba en verdad sorprendida.

—No, nunca.

—¿Has castigado a Kiko?

—No. ¿Por qué iba a castigarle? —se extrañó Laura—. Y además, ¿qué tiene que ver la televisión con los castigos?

Laura comenzó a pensar si no habría sido un error ocultarse en la tienda de Eulalia, que era una mujer tan amable como exageradamente curiosa.

—Pues si Kiko no está castigado —seguía diciendo la tendera—, no entiendo por qué no ve la tele. A su edad es lo normal. Mis hijos lo hacen. Juegan a las canicas o se pasan horas y horas ante la pantalla.

—Bueno, Kiko no ve la tele porque no tenemos televisor.

—¿Ni en blanco y negro, Laura?

—Nada, ni en blanco y negro.

Eulalia quedó pensativa.

—Claro. Si no se tiene aparato, es más difícil ver la televisión.

Después de una breve pausa, Eulalia volvió a preguntar.

—¿Y no vas a comprar un aparato?

—Ahora no podemos.

—¿Y por qué no? Todo el mundo tiene uno, Laura.

—Bueno, sí, es verdad —se resignó Laura—. Todo el mundo tiene televisor, pero nosotros no. Ahora no podemos.

—Pero, ¿por qué? —insistió Eulalia.

—Pues, porque no podríamos pagarlo. Ya tenemos bastantes dificultades en la granja.

—Eso no importa, mujer —dijo la tendera—. Podrías llegar a un acuerdo con el vendedor. Si quieres, hoy mismo hablo con él y te lo arreglo.

—No me entiendes, Eulalia —dijo Laura mordiéndose un labio—. Quiero decir que por ahora Kiko y yo vivimos bien sin televisor. No es imprescindible.

—Tienes razón, Laura, no lo entiendo. Yo no podría vivir sin ver las novelas por capítulos que echan por las noches.

—Es igual, Eulalia. No voy a discutir. Tengo prisa. Adiós.

Cuando Laura salió, la tendera vio vacío el local. Se dio cuenta que aún tenía ganas de hacer algunas preguntas.

Y dijo:

—Pero Laura, ¿por qué tienes tanta prisa?

4

Era comprensible que Laura tuviera prisa, mucha prisa.

Había sonado el timbre del colegio que anunciaba el fin de las clases. Los muchachos habían salido de las aulas como un rebaño de búfalos en estampida y abarrotaban ya la escalinata de la fachada principal y el patio.

Eran muy pocos los que se retrasaban para conversar. La mayoría de los alumnos se dispersaba rápidamente en todas direcciones. Corrían inquietos, como si les atemorizase la posibilidad de que sus profesores volvieran a llamarlos para seguir haciendo ejercicios hasta la noche.

Algunos estudiantes regresaban a sus casas, para merendar. Otros, formando pequeños grupos, se encaminaban hacia el campo de fútbol o a los patios de las afueras del pueblo, donde jugaban a las canicas, a la petanca, a los vaqueros o daban patadas a los balones.

Los mayores, los muchachos de los cursos más avanzados, se reunían en el Gran Café de la plaza. Allí se sentían como adultos y, con expresiones de seriedad, intercambiaban apuntes y repasaban lecciones leyendo en voz alta.

También había parejas que aisladamente, como guardando un secreto, preferían pasear por la plaza o, mejor aún, por los jardines del municipio, desiertos a esa hora.

Kiko, en cambio, tomaba el camino que le llevaba a la granja. Laura se dio cuenta que su hijo iba ensimismado jugando con su máquina de marcianitos. Llevaba el cuello abrigado por una bufanda roja que ella había hecho con sus propias manos.

Kiko caminaba ligero. No necesitaba mirar al frente porque conocía de memoria las vueltas y revueltas del camino. Llevaba la cartera colgada de los hombros y silbaba.

Su madre observó que Kiko parecía con-

F. Montero

tento. Algunas veces, el pequeño interrumpía su lucha con los botones de la máquina de marcianitos para patinar por las pistas de hielo que se habían formado en los márgenes de la carretera, justo por donde los carros dejaban hondos surcos.

Laura comenzó a pensar si no se habría equivocado al espiar a su hijo.

5

YA se distinguía la granja y Kiko seguía caminando a buen paso, sin detenerse. Laura notó la rapidez con que su hijo avanzaba, después de abandonar la línea de la carretera, cruzando el campo. Kiko iba por delante, casi corriendo y ella detrás, ocultándose cuidadosamente tras los troncos de los árboles próximos a la casa.

En ese momento Laura se llevó una sorpresa. Kiko no entraba en la casa. Pero tampoco se alejaba. Daba un rodeo. Bordeaba la cerca donde picoteaban las gallinas y se dirigía hacia los establos. Su bufanda roja, sacudida por un ligero viento, se alzaba como un brazo humano en actitud de saludo.

Laura recibió una impresión tan fuerte al ver aquellas piruetas de la bufanda que pensó en un tren. Casi al mismo tiempo pensó que su hijo la había descubierto y le estaba gastando una broma.

No era así. Todo resultaba obra del viento. Por eso, Laura siguió tras los pasos de Kiko, que en ese instante entraba en el granero por la parte posterior de la granja.

Cuando Laura llegó a la puerta del granero vio a su hijo trepar por una escalera muy estrecha hasta una plataforma. Allí guardaban en otro tiempo cacharros inservibles y algunas herramientas. Los cacharros los conservaban confiando en que algún día apareciera la persona que supiera repararlos. Las herramientas servían para realizar arreglos caseros.

Laura se llevó entonces la tercera sorpresa del día.

La primera había sido descubrir que Kiko volvía a la granja directa y rápidamente. La segunda consistía en comprobar que Kiko se ocultaba en la parte trasera de la casa. Pero la última resultó la más impresionante de las tres.

Cuando Laura alzó la vista hasta la plata-

forma donde se encontraba Kiko, supuso que los ojos le estaban engañando.

«¿Estaré viendo visiones?», se preguntó. Su hijo había convertido aquel rincón del granero en una especie de habitación. Era como una casita construida en lo alto de un árbol. Desde abajo todo se veía limpio y en orden. Incluso podía adivinarse, por el olor tan fuerte de los tubos de óleo, que Kiko se dedicaba a pintar.

Laura se quedó patidifusa, sin saber qué hacer. Hasta ese preciso instante no se había fijado en los cambios que Kiko había introducido en el granero. Aquel refugio representaba el secreto de su hijo, y recordó que a su edad ella disfrutaba mucho jugando con sus muñecas, a las casitas y al mercado, sin decir nada a sus padres y tampoco a sus hermanos mayores. Los niños tienen derecho a sus secretos. De lo contrario, los juegos pierden algo de su gracia fantástica.

Dando vueltas a sus recuerdos, Laura salió silenciosamente del granero, de puntillas, satisfecha por sus averiguaciones. Su instinto no le había engañado.

Canturreando, llegó a la cocina. Miró el reloj, que marcaba las ocho, y se dijo que iba siendo hora de preparar la cena.

6

ENTRE el colegio y el granero, Kiko vio pasar el invierno y la primavera. No descuidó sus estudios ni olvidó ayudar a su madre en la granja. Mantuvo su actitud reservada, salvo para referirse a la ilusión que le producía la proximidad del verano.

A veces, Laura intentaba sonsacarle y le hacía preguntas por sorpresa. Ella quería tener alguna noticia sobre sus dibujos. Nadie había visto aún ninguna obra de Kiko. Como el pequeño no se dedicaba ya a las reparaciones, la gente del pueblo hacía cábalas sobre sus actividades.

Como siempre se le veía concentrado o entretenido con su máquina de marcianitos, se le dejó de llamar *Mecánico* y se le adjudicó un apodo distinto: *Musaraña*, pues siempre parecía estar allí, en otro planeta.

Su madre estaba ansiosa por ver los cuadros de Kiko. No se había atrevido a subir hasta la plataforma del granero por temor a que después se notara su presencia y su hijo se llevara una decepción o se sintiese vigilado.

A la hora del desayuno, aprovechando que Kiko estaba un poco dormido aún, Laura preguntaba como por casualidad:

—¿Qué, cómo se encuentra nuestro artista esta mañana?

Pero Kiko no decía una palabra, pues tenía miedo de que al abrir la boca se le escapase algún bostezo.

Laura no estaba dispuesta a desanimarse. E insistía.

—¿Has dormido bien, Kiko? ¿Te sientes despejado y fuerte? ¿Vas a pintar algo hoy?

Kiko se llenaba entonces la boca de galletas. Cuando las había masticado, procuraba cambiar de tema.

—Me encuentro bien, mamá. ¿Es que tengo mal aspecto?

—Yo te veo estupendo, Kiko —admitía Laura—. Era sólo una pregunta.

—Pues me encuentro muy bien, como siempre.

—¿Y has pensado lo que vas a hacer hoy?

Kiko miraba con extrañeza su tazón de leche caliente.

—Bueno, sí... Lo he pensado.

—¿Sí? ¿De veras lo has pensado? —Laura se emocionaba al escuchar esto. Creía que Kiko le confiaría al fin alguno de sus misteriosos proyectos—. ¿Qué, qué es lo que vas a hacer hoy?

—En primer lugar, iré al colegio. Adela nos ha prometido un cuento. Será un cuento de caballeros, de esos tan bonitos, con princesas y dragones y hadas. Después... Bueno, después...

Kiko parecía atascado. Su madre volvió a preguntar, ansiosa.

—Eso, Kiko, ¿sabes lo que harás después de la escuela?

—Haré los deberes —contestó Kiko—. Sí, eso haré. Porque si no los hago, Adela me regañará mañana, y no quiero que ella se enfade conmigo.

Ante las respuestas de su hijo, Laura no

tenía otro remedio que desistir. Pensaba que tal vez la gente del pueblo tuviera razón y Kiko vivía en las musarañas; pero no deseaba abrumarle.

—Por cierto, Kiko, ¿sabes lo que ocurre la próxima semana? Te gustará saberlo.

—¿Qué ocurre?

—La próxima semana entramos en el verano. Vendrán tus primos, Quino y Sandra. ¿No te parece una buena noticia?

—Bueno, sí —Kiko respondía confuso, algo turbado—. ¿Vendrán en el descapotable rojo?

—Imagino que sí, Kiko, como todos los años —dijo Laura—. ¿Es importante eso?

—¡Pues claro que es importante el descapotable rojo! —Kiko sonrió y saltó sobre el banco de la cocina—. ¡Es muy importante! —repitió antes de salir hacia el colegio.

7

CON el verano llegaron días espléndidos y luminosos. El hielo de los caminos se derritió. El bosque se inundó de tonos brillantes, de reflejos dorados y de perfumes. Con el verano llegó también el descapotable rojo, tan importante para Kiko. Y como otros años, el auto se detuvo delante de la granja envuelto en un potente chirrido de frenos.

En el deportivo viajaban Sandra y Quino, los primos de Kiko, y sus padres, que eran jóvenes, risueños y formaban una pareja dinámica o, como suele decirse, *moderna*. Mario era el hermano de Laura; el hermano mayor. En la familia había sido el único que completó sus estudios. Era profesor de Historia, aunque realmente le hubiera gustado ser piloto de carreras de velocidad.

Su esposa, muy delgada, se llamaba Ca-

rol. Era propietaria de una tienda de moda femenina. Casi siempre llevaba los ojos cubiertos por gafas de sol y vestía trajes que ella misma diseñaba, con muchos colores.

Laura salió a recibirlos y, como era temprano, les invitó a tomar un abundante desayuno, con leche recién ordeñada y dulces todavía calentitos, porque acababan de salir del horno de la casa.

Kiko miraba fascinado el auto rojo.

Su tío Mario se dio cuenta del interés del pequeño y le dijo:

—¿Te gusta?

—¡Oh, claro, claro que me gusta! Es el coche más bonito que he visto nunca.

—Bueno, Kiko, tampoco seas exagerado. Hay otros modelos y también son muy bonitos, y más rápidos.

—Eso es imposible. El descapotable parece una flecha. La velocidad hace maravillas con el cabello de Tía Carol.

Tío Mario quedó boquiabierto.

—¿Cómo dices?

Kiko miraba con fijeza el deportivo rojo, como si de un momento a otro el automóvil fuera a ponerse en marcha, sin necesidad de que nadie llevara el volante.

—Me he fijado desde el camino, Tío Mario —dijo Kiko—. Cuando os acercabais a la granja, el cabello de Tía Carol volaba al viento como una danzarina.

Tío Mario comprendió lo que su sobrino quería decir. Era verdad que a Carol no le gustaba llevar sujeto el cabello cuando viajaban en el descapotable. Carol tenía una larga y abundante melena negra y con la velocidad del automóvil se convertía en un espectáculo digno de verse. El aire zarandeaba el pelo y, como había dicho Kiko, bailaba al ritmo que marcaba el coche.

—¿No quieres ver lo que te hemos traído, Kiko? —preguntó Carol desde la entrada de la casa—. Anda, ven y dale un beso a tu tía.

Los ojos de Kiko brillaron con intensidad.

—¡Desde luego!

—Fíjate la cara de tonto que se le ha puesto a Kiko —dijo Quino, su primo, con la boca llena de pastel de chocolate.

Al escuchar estas palabras Tío Mario frunció el ceño. No le gustaba que su hijo se portara como una persona impertinente.

—Quino, ve al coche y recoge el regalo de Kiko —dijo muy serio Tío Mario.

Quino se sonrojó. Sandra, que apreciaba mucho a Kiko, exclamó:

—Deberías mirarte, Quino. ¡Tú sí que tienes cara de tonto!

Todos rieron a la vez, incluso Tío Mario. Dejaron de hacerlo cuando Quino, ya de regreso, volvió a entrar en la cocina cargado

con dos voluminosos paquetes. Todavía estaba abochornado.

El paquete más pesado parecía protegido por grandes hojas de periódico y tenía forma cuadrangular. El segundo, más pequeño, estaba envuelto con papel estampado y multicolor.

—Hay un regalo para Laura y otro para Kiko —dijo Carol al tiempo que levantaba las gafas de sol y las dejaba como prendidas en el cabello, por encima de la frente—. Espero haber elegido bien.

—¿Por qué os habéis molestado? —Laura se emocionó. No estaba acostumbrada a recibir obsequios.

Nervioso, Kiko arrancó el papel que recubría su regalo. El paquete era casi tan alto como él. Laura, sus tíos y sus primos formaron corro a su alrededor.

Todos silbaron cuando el regalo quedó al descubierto.

—¡Es una radio! —dijo Kiko.

La impresión fue tan fuerte que no pudo articular ninguna otra palabra, como si de pronto se hubiera atragantado.

8

¡QUÉ bonita radio! —exclamó Kiko. Y comenzó a pulsar las teclas y botones del aparato.

Tío Mario dijo:

—Sí, Kiko. Pero no es una radio cualquiera.

—Pero si no suena —comentó Kiko, decepcionado, sin dejar de presionar los mandos.

Durante un segundo el silencio reinó en la habitación.

—¿Pero qué tiene de especial una radio que no suena? —preguntó Kiko cuando consideró que todos sus esfuerzos eran inútiles. No miraba a nadie en concreto.

—Es una radio que perteneció a tu abuelo, Kiko. Es un modelo muy antiguo —dijo Tío Mario—. Y eso no es todo.

—¿No es todo?

—No, claro que no, Kiko. Éste es un regalo con truco —añadió Tío Mario adoptando un aire misterioso—. No estaría bien que nosotros te diéramos así como así un aparato tan bueno, tan valioso. Y no estaría bien porque en esta vida todo cuesta un poco de trabajo, ¿no crees? Tú ya no eres tan niño como antes y te resultará fácil comprenderlo.

Kiko abrió los ojos. Era la primera vez que alguien le hablaba de esa forma, como si aquellas palabras fueran nuevas o acabasen de inventarlas.

—Pero un regalo es un regalo, Tío Mario —dijo Kiko—. Y eso vale lo mismo para los mayores como para los que aún no lo somos.

—Estoy de acuerdo, Kiko. Pero esta radio es especial. No es suficiente que yo te la regale.

—Será especial, pero no suena —insistió Kiko, cada vez más intrigado por lo que su tío le decía.

—Ahí quería yo llegar, Kiko —dijo Tío Mario—. Tienes que demostrarnos que estás a la altura de un obsequio tan bueno, tan grande y tan bonito. Tú mismo has dicho que era una radio muy bonita. Ahora debes conseguir que suene como debe sonar. Estoy seguro de que podrás, ¿me equivoco? En esto consiste el truco. A ti te llaman *Mecánico*, y no creo que te cueste mucho reparar un aparato tan antiguo. Vamos, estoy convencido.

Kiko había fruncido el ceño. Daba la impresión de que hablase en voz baja con la radio. Después levantó la vista y resopló mirando hacia arriba. El flequillo que le cubría las cejas revoloteó travieso durante un rato.

—¿Eso es todo? —preguntó.

—No —contestó Tío Mario—. Para que veas que te tomo en serio, pondré una sola condición —y guiñó un ojo hacia Laura—. Si consigues reparar la radio, será tuya para siempre. Si no lo logras, nos la llevaremos cuando pasemos por aquí, de regreso a la ciudad. ¿Aceptas?

Kiko seguía muy serio. Levantó la mano abierta hacia Tío Mario, en prueba de confianza y acuerdo.

—Está chupado, Tío Mario —y Kiko volvió a resoplar alborotando su flequillo.

—Me alegra mucho tu decisión, Kiko —comentó Tío Mario—. Por cierto, ¿y tu madre, ha descubierto ya lo que le hemos traído?

9

EN ese momento se dieron cuenta que Carol, Laura y Sandra habían abandonado silenciosamente la cocina. Quino se encontraba solo, en un rincón, con la boca atiborrada de dulces y no podía hablar. Agitaba los brazos de una forma ridícula para hacerse entender.

—¡Estas chicas! —murmuró Tío Mario reprimiendo la risa—. Siempre hacen lo mismo.

—¿Qué quieres, glups, decir, glups, con eso, glups, papá? —preguntó Quino, que se atragantaba.

—Nada importante, Quino, no me hagas caso —dijo Tío Mario—. ¿Sabes a dónde han ido las mujeres de esta casa?

—No, glups, pero puedo buscarlas, glups, si quieres —respondió Quino.

—Déjalo —cortó su padre—. Ya vendrán.

—Seguramente están en el cuarto de Laura —observó Kiko—. Iré a comprobarlo.

Y sin esperar la aprobación de su tío, Kiko salió de la cocina de un salto, ilusionado por el regalo que acababa de recibir.

Además, acababa de tener una idea y quería realizarla. Al salir de la granja por la puerta de atrás, que comunicaba con el patio posterior y el granero, todavía podía oír a Quino (glups, glups) devorando pasteles.

10

AUNQUE deseaba reparar la radio cuanto antes, Kiko se había propuesto realizar previamente el plan en el que llevaba pensando desde el invierno.

No se lo había contado a nadie, ni siquiera a Laura, su madre, para que la sorpresa fuera mayor. A fin de cuentas, ¿qué es un obsequio si no produce una reacción inesperada? Llevaba varios meses aguardando la visita de sus tíos para mostrarles sus pinturas.

Llegó jadeando al granero. Trepó con gran agilidad a su refugio secreto y recogió rápidamente algunos bultos envueltos con trapos y lienzos. Había escogido los cuadros que más le gustaban.

Sin perder un segundo, volvió al interior de la casa. No se apresuró tanto como a la ida, pues los brazos ocupados le impedían correr.

En la cocina ya se encontraban su madre, sus tíos y sus primos. Todos se preguntaban a dónde había ido Kiko. Estaban apurando los tazones de café con leche. Las bandejas de dulces y galletas estaban vacías. Quino parecía tan aburrido como triste porque no quedaba ni una miga que tragar.

Tío Mario fue el primero en ver a Kiko. Se inclinó hacia él para ayudarle.

—¿Qué? ¿No notas algo raro? —le preguntó—. ¿No te has fijado?

Kiko se dio cuenta en seguida de lo que Tío Mario quería decir. Su madre llevaba un vestido nuevo de color marfil, salpicado con varias clases de flores muy vistosas.

Siempre se recogía el brillante cabello rubio en un moño, pero ahora el pelo estaba suelto y le llegaba hasta los hombros.

Aquellos cambios hacían a su madre muy joven y atractiva.

—¡Oh, mamá! Nunca te había visto así —Kiko tragó saliva—. Realmente pareces una actriz de cine.

Y quedó boquiabierto.

—¿Te gusta? Dime la verdad —Laura giraba sobre sus pies. Kiko se fijó en los zapatos de tacón alto de su madre porque nunca los había visto antes—. Es un vestido muy sencillo y moderno, para salir.

—Pues claro que me gusta, mamá —asintió Kiko. Hablaba con dificultad.

—Sandra y Carol me han arreglado el pelo. Ni yo misma me reconocía cuando me he mirado al espejo —Laura continuaba dando vueltas, como en los bailes que se celebraban en el pueblo.

—¿Qué llevas ahí, Kiko? —preguntó Sandra.

La prima de Kiko señalaba los objetos protegidos por las tiras de lienzo.

Pero Kiko seguía mirando con fijeza a su madre.

Como no contestaba y parecía deslumbrado, Carol, Sandra y Tío Mario se encargaron de averiguar lo que había bajo los trapos manchados de pintura. La conducta de Kiko era muy extraña.

11

SON cuadros —dijo Carol, que lentamente levantó las gafas oscuras para contemplar con mayor detenimiento las pinturas de su sobrino.

Kiko seguía pendiente de todos los movimientos de su madre, que había dejado de bailar.

—Son trabajos espléndidos —Carol movía la cabeza en señal de aprobación.

Había lienzos y láminas que necesitaban marco. Uno de los cuadros más grandes reproducía el deportivo rojo de Tío Mario, pero con la forma de una flecha que volaba sobre la carretera.

En otro cuadro se veía la granja al amanecer. Y también había láminas donde aparecían los retratos coloreados de sus primos y tíos.

—Son magníficos, Kiko —dijo Sandra—. ¿Cómo los hiciste?

—De memoria —murmuró Kiko sonrojándose.

—¿Nada más? ¿No utilizaste fotografías?

—No. En la granja no tenemos fotos —respondió Kiko.

El cuadro más sorprendente, sin embargo, fue el que descubrieron en último lugar. De una forma disimulada, Kiko quería sacarlo de la cocina y esconderlo. Pero Tío Mario se lo arrebató con suavidad de las manos y no dejó que su sobrino lo recuperase.

—Vamos a ver qué es lo que guardas aquí —repitió Tío Mario—, vamos a ver.

Cuando tuvo el cuadro ante los ojos, quedó desconcertado.

—No me lo puedo creer —dijo muy despacio Tío Mario.

Salvo Kiko, todos rodearon a Tío Mario. Incluso Quino, que parecía congestionado y más gordo que al llegar a la granja, se acercó para mirar la pintura.

En el cuadro aparecía Laura luciendo un traje de color marfil, estampado con flores muy vistosas de diferentes tonos. Llevaba también unos zapatos de tacón alto, elegantes y marrones. En el cuadro, Laura estaba representada como en un baile. La cabellera rubia se hallaba suelta, resplandeciente.

Hubo una exclamación general.

Carol advirtió en seguida la coincidencia. La mujer que Kiko había pintado en el cuadro y su madre eran idénticas. No faltaba ningún detalle.

—¿Cómo hiciste este cuadro, Kiko? —preguntó Carol, intrigada.

—Me lo imaginé, simplemente.

—¿También te imaginaste el vestido?

—Sí, también me lo imaginé.

—¿Y los zapatos?

—Lo mismo.

—¿Y el peinado? —Carol seguía comparando la figura del cuadro con el aspecto de Laura. Era como si el pequeño acabase de pintar su obra.

—Todo me lo imaginé. Pensé en Laura como en una artista de cine. Entonces pinté el cuadro.

—Pero no es posible que todo te lo imaginaras, no es posible, Kiko —dijo Carol—. El vestido no lo conocía nadie, lo diseñé yo.

Kiko se encogió de hombros, confuso. Bajó la cabeza. No sabía qué decir. Él también se había dado cuenta de que tantas coincidencias resultaban extrañas, muy extrañas.

—Lo más importante es que se trata de un buen retrato, ¿no os parece? —dijo Tío Mario para zanjar la discusión—. Vamos, es lo que yo pienso.

—A mí me gusta mucho —intervino Laura—, y quiero que Kiko me lo regale.

—Lo pinté para ti, mamá —dijo Kiko—. Cada uno puede quedarse el suyo.

Los tíos de Kiko no salían de su asombro y miraban y remiraban los cuadros. Laura se sentía orgullosa de su hijo.

Sólo Quino protestó al recoger la lámina que le correspondía.

—Éste no soy yo —gimoteó— ¡Me has pintado muy gordo!

—Eso te pasa por comer tantos pasteles —dijo Sandra.

A ella le brillaban los ojos cada vez que miraba a su primo. Pero Kiko no se daba cuenta. Dedicaba toda su atención a contemplar la radio, como quien busca descubrir un secreto.

12

TAN pronto la silueta del deportivo rojo se perdió en el horizonte, Kiko puso manos a la obra. Aprovechó que su madre atendía a Sandra y Quino para curiosear en el interior de la radio.

Destornilló la tapa del aparato y echó un vistazo. Volvía a ser *el Mecánico* y no *el Musaraña*, como cuando pasaba horas y horas entre sus dibujos y pinturas.

A pesar de este cambio, comenzó a hablar con la radio igual que cuando llenaba de colores los espacios de un cuadro, en voz alta. Podía ser *Musaraña* y *Mecánico* al mismo tiempo. Esto le animó al observar los complejos mecanismos del aparato.

—Tú llevas mucho tiempo en un desván, querida radio —dijo—. No te han cuidado bien en los últimos tiempos. Pero nada bien.

Oyó un zumbido al mover unos cables con la punta del destornillador.

—Claro, claro, ya sé que duele un poco —dijo Kiko—. Pero sólo será un momento. ¿No quieres encontrarte bien?

El zumbido sonó más suave esta vez.

—¿Voy por el buen camino? —preguntó Kiko—. Ah, claro, ya me doy cuenta de lo que pasa. No sé cómo no le he visto antes.

El zumbido se transformó en un breve chisporroteo. La radio tembló unos segundos.

—Espera —aconsejó Kiko—. Tengo que conectar el enchufe.

De pronto, las lámparas comenzaron a vibrar y a iluminarse.

—Todavía no lo hagas —la voz brotó del interior de la radio.

Kiko respiró profundamente.

—¿Eres tú? —preguntó Kiko—. ¿Me estás hablando tú, querida radio?

—¿Pues quién iba a ser? Yo canto, hablo y dejo que la música anime a bailar, a estudiar, a relajarse. Tú has sido muy considerado, lo he notado desde que te vi.

—¿Puedes verme?

—Nada es imposible para una radio. Desde que murió tu abuelo, sólo tú te has dado cuenta de lo que me ocurre. He pasado los últimos años guardada en un desván.

—¿Y por qué te llevaron al desván?

—Era demasiado grande. Y durante mucho tiempo no han sabido qué hacer conmigo, no sé, la gente no tiene imaginación. Menos mal que quedan personas como tú. De una ojeada, ya sabías cuál era el problema.

—Bueno —Kiko se ruborizó—, no tiene importancia.

—A mí no me engañas, sé lo que digo. Además, había oído hablar de ti. En la casa de tus tíos hay un desván. Quino y Sandra juegan allí con los recuerdos de su familia. Se disfrazan, se esconden. Les hacía mucha ilusión pasar aquí las vacaciones, hablaban con frecuencia de ello.

La voz de la radio sonaba débil.

—¿No quieres que te conecte? —Kiko estaba preocupado—. Tal vez te sentirías mejor, con más energía, y hasta recuperarías fuerzas.

—Voy a proponerte otra cosa antes de que lo hagas, para que veas que soy una máquina agradecida.

—Tú dirás.

—Creo que eres amigo mío. Si no, permanecería callada, como hasta ahora —la radio hablaba en un hilo de voz. Kiko hubo de inclinar la oreja hacia el aparato, para entender lo que le estaba diciendo—. Tienes que reponer mis piezas. Una pieza por día, para que me dé tiempo a acostumbrarme. Si lo haces así, te premiaré. Pero esta operación deberás realizarla en secreto y no decir nada hasta que regresen tus tíos, ¿de acuerdo?

—De acuerdo.

—Entonces comencemos: ahora puedes enchufarme, pero cuando veas que me transformo en una gran nube de luz, vuelves a desconectar. No es conveniente que tu madre o tus primos sospechen nada. Mañana, más tranquilos, hablaremos despacio. Procura estar solo en el momento en que repongas una pieza.

Apenas podía oírse ya la voz de la radio. Sin embargo, Kiko mantuvo la sangre fría y realizó cada una de las pequeñas operaciones que el aparato le había indicado.

En efecto, al cabo de un rato de conectar el receptor, las lámparas de aquel complejo circuito se iluminaron de tal forma que semejaban una enorme y silenciosa explosión. En ese instante, Kiko creyó salir de un sueño.

—Seguro que me he dormido mientras examinaba el aparato —se dijo interiormente—. No es posible que las radios hablen por sí solas.

Venció la desconfianza y temiendo que le sorprendieran, atornilló de nuevo la tapa en su lugar. Del piso superior llegaba la algarabía que provocaban sus primos.

Sandra y Quino se habían instalado al fin en sus respectivas habitaciones y se sentían tan dichosos que bajaban la escalera a toda velocidad. Descendieron muy rápido, en tromba, gritando, haciendo mucho ruido. A punto estuvieron de descubrir a Kiko cuando deseaba a la radio un feliz descanso.

13

EN las semanas siguientes, Kiko se dedicó a reparar la radio. Se levantaba muy temprano para mantener el trabajo en secreto. Y en cada oportunidad tenía la misma sensación: actuaba como sonámbulo, se adormecía mientras del aparato brotaba una voz misteriosa y simpática que le indicaba cuáles eran los arreglos más urgentes y el modo de realizarlos.

—Buenos días, Kiko —saludaba la radio—. ¿Cómo te encuentras hoy?

—Muy bien, gracias. ¿Y tú?

—Cada vez mejor, cada vez mejor. Estás realizando un gran trabajo, Kiko, y creo que me encontraré bien antes de lo que pensaba.

—Ésa es una buena noticia —dijo Kiko evitando un bostezo.

—Tú crees que esto es un sueño, ¿verdad? —preguntó la radio.

—La verdad es que sí —admitió Kiko—, pero me parece un bonito sueño. Y además, aprovecho para ayudarte.

—Eres bueno. ¿Quieres que te cuente una historia mientras trabajas? Recuerdo unos cuentos maravillosos. Para soñar, lo mejor son los cuentos.

—Pues adelante.

De la caja rectangular ascendía entonces una especie de arco iris por donde se deslizaban las palabras. Las palabras iban componiendo los relatos más extraordinarios. A veces, Kiko creía estar leyendo un libro en lugar de escuchar un cuento.

Gracias a la generosidad de la radio supo de la existencia del hada Concordia, que parecía una muñeca y protegía a los niños huérfanos de todo el mundo. ¿De quién los protegía? De los malvados brujos que se ocultan en los bosques del País de los Encantamientos, donde siembran la cizaña. ¿Qué era la cizaña? La planta que destruye los sembrados y la amistad, la planta que magos sin corazón emplean para que los niños discutan y peleen y...

Algunas veces el relato se interrumpía de forma inesperada.

—No me hagas cosquillas —el aparato emitía una risita nerviosa.

—¿Tienes cosquillas? —Kiko comprendió que había alcanzado con sus herramientas una de las zonas más sensibles del aparato. Escuchó de nuevo la risita y retiró unas pequeñas tenacillas de la cascada de cables que se desparramaba por lo que debía de ser el estómago del receptor.

—Claro que tengo cosquillas —dijo la radio con voz confusa; no se sabía si estaba molesta o alegre.

—Bueno, casi hemos acabado. Mañana colocaré la última pieza.

—¿Sí? ¿Estás seguro? —la radio habló con una gran excitación—. ¿Y haremos una prueba?

—Todo depende de que te encuentres con la energía necesaria. Pero antes debes terminar el cuento del hada Concordia.

—Me pides algo muy difícil, Kiko.

—¿Sí? ¿Por qué?

—Porque hay cuentos que no acaban nunca. Para que el hada Concordia no nos abandone y siga librándonos de la cizaña y de los brujos que odian a los niños, el cuento no debe acabar.

—¿Nunca? —se asombró Kiko.

—Nunca.

—Entonces continuaremos mañana —dijo Kiko—. Es tarde y mi madre va a levantarse de un momento a otro.

—Hasta mañana —suspiró la radio, satisfecha.

—Hasta mañana. Que descanses.

A diario Kiko se sorprendía de que, tras despedirse de su amiga, todo a su alrededor apareciese ordenado y limpio. Sólo aquellos fabulosos cuentos le hacían sospechar que su trabajo no era pura y simple fantasía. Tenía la impresión de recuperarse de un desmayo.

14

DESPUÉS de las reparaciones secretas, Kiko preparaba el desayuno con su madre. Como sus primos tardaban mucho en salir de la cama, él tenía tiempo para dar de comer a los animales del corral, adecentar su cuarto e inventar juegos.

—¿Llevarás a Quino y a Sandra al bosque? —preguntó Laura.

—Sí, como ayer. Quieren aprovechar los últimos días de vacaciones.

—Han pasado rápido, ¿no es cierto?

—Sí.

A Kiko le entristecía pensar en el fin del verano. Para despreocuparse, echaba una partida en su máquina de marcianitos.

—¿Crees que podrás arreglar la radio? —Laura sentía mucho interés por conseguir una respuesta de su hijo—. No parece que

te atraiga mucho, en todo el mes no te he visto dedicarle ni una mirada al aparato, Kiko. Ya sabes que si ese trasto no suena, Tío Mario se lo llevará a la ciudad cuando vuelva a pasar por aquí.

—No te inquietes, mamá. Me protege el hada Concordia, que es muy buena.

Laura no sabía qué contestar a esto. Suponía que Kiko se refería a algún personaje de las historias que escuchaba en el colegio.

—Y además —añadía Kiko—, esa radio no es un trasto.

—Bueno, hijo, no te enfades —se resignaba Laura—. Mañana hay una fiesta en el pueblo, ¿quieres que vayamos con los primos? Quizá asista Adela, tu profesora. Ya sabes que le gusta mucho bailar. Habrá refrescos, dulces, tómbolas, vendrá una orquesta y se encenderán hogueras.

—Sí, sí, vayamos a la fiesta —dijo Kiko—, puede ser estupendo.

Como todos los días, los primos bajaron corriendo a desayunar. Cuando Laura les explicó que habría una fiesta en el pueblo al día siguiente, se entusiasmaron. Quino habló con la boca llena de pasteles, como siempre:

—¡Menos mal! Ya estoy, glups, cansado, glups, de ver tantas, glups, ardillas, glups, y tanto, glups, bosque, glups.

—Pero si eres tú el que se empeña en perseguir a las ardillas —dijo Sandra—. Lo que pasa es que no eres capaz de disfrutar con nada, te aburres en seguida. Sólo sabes devorar bollos y dulces. Y tienes envidia de Kiko, glotón, más que glotón.

—No discutáis —les interrumpió Kiko, que recordó la forma en que actuaban los conjuros de los brujos malvados—. No es bueno que la gente discuta por nada.

—Yo, glups, no discuto, glups —se atragantó Quino—. Y tampoco, glups, tampoco, glups, tengo envidia de, glups, de Kiko.

—Dejadlo ya, chicos —aconsejó Laura—. ¿Es verdad que no quieres ir al bosque, Quino?

Quino se sonrojó, congestionado.

—Bueno, glups, sí, es verdad, glups. Me, glups, aburre. Me, glups glups, me aburre, glups, muchísimo.

Y bajó la cabeza, disimulando que se llenaba la boca de pastelitos.

—Pues no te preocupes, Quino. Hoy puedes quedarte conmigo y así me ayudas a preparar la comida, hay muchas patatas que pelar. Ya verás lo que nos divertimos tú y yo y las patatas.

Sandra y Kiko se echaron a reír al ver la cara del glotón, pálida. Los labios manchados de chocolate le daban un aire cómico a su tartamudeo. Quino hizo muchos aspavientos cuando vio que se quedaba solo en la cocina y Laura ya había retirado las bandejas de pasteles.

Al tomar el camino del bosque, Sandra tomó a Kiko de la mano.

15

EL brillo del sol se proyectaba contra los árboles. Aquella luz poderosa del mediodía transformaba el bosque en un mundo aparte.

La hierba semejaba un océano dorado. El verde de los pinos se estremecía como leña en el fuego. Las ardillas pintaban copos rojos y fugitivos sobre las ramas.

Prudentes, Kiko y Sandra conversaban en voz baja. Temían que los animales desconfiasen de ellos. Se sentían extraños en aquel territorio, como astronautas en un planeta inexplorado, y no querían que los animales huyeran por su culpa.

Sin embargo, vieron escapar cervatillos de patas fragilísimas. Y a su paso, los pájaros alzaban el vuelo, y los erizos, las ardillas y hasta algún lince, emprendían rápidas carre-

ras. Pero ni Sandra ni Kiko estaban pendientes de los saltos de los animales.

Caminaban de la mano, como si los dos tuvieran los mismos miedos y compartiesen la misma alegría.

Kiko estaba nervioso y no podía jugar con su máquina de marcianitos, que siempre llevaba en su cazadora. Sandra intentaba encontrar una abertura en el techo que las copas de los árboles habían formado sobre sus cabezas, como para protegerles de los fríos del otoño.

—Este bosque es tan extraño —dijo ella.

Kiko no dijo nada. La vergüenza le impedía mirar cara a cara a su prima, pero nunca se había atrevido a mencionárselo.

—Eso lo dices porque estamos solos —comentó él, distraídamente—. Éste es un bosque como todos los demás.

—No es verdad.

—Sí es verdad.

A Kiko le desorientó la tozudez de su prima. Sandra se había empeñado en que se encontraban en un mundo imaginario.

—Tú eres de ciudad —dijo Kiko—, y no

entiendes nada de esto. Lo normal es que el bosque esté poblado de animales.

—Y tú vives en una granja y entiendes todavía menos —respondió Sandra, muy ufana—. Di la verdad. Estás preocupado porque no sabes arreglar la radio, no es necesario que te justifiques. Pero es una pena, te lo aseguro.

—¡Bah! —gruñó Kiko—. Lo único que pasa es que aquí te aburres. Claro, esto no es como el desván de tu casa, no hay recuerdos de familiares con los que disfrazarse.

Sandra tardó en responder.

—¿Y cómo sabes tú que hay un desván en mi casa?

—Lo sé, simplemente —Kiko comprendió que había cometido un error—. Si lo prefieres, te lo diré de otra forma: me lo ha contado un pajarito.

—¿Y sólo te ha dicho eso? —Sandra miró de reojo a su primo, ocultando la inquietud que le producían aquellas revelaciones.

—Me dijo muchas cosas, pero no quiero hablar de eso.

Sandra se enfureció.

—¡Estás mintiendo, Kiko! La verdad es que has fracasado. Por las mañanas te he visto junto a la radio, y todavía no has conseguido que suene. Empiezas a trabajar y te quedas dormido ante los circuitos, eso es todo. Pero tu madre está muy triste. Le gustaría escuchar música mientras hace los trabajos de la casa y tú eres tan egoísta que no piensas más que en jugar con tu máquina de marcianos y en hablar con las ardillas. ¡Tan sólo por esto deberías sentirte fatal, tonto!

Después de decir esto, Sandra echó a correr en dirección a la granja.

—No soy tonto —suspiró Kiko mientras veía alejarse a su prima.

16

AL día siguiente Kiko intentó que la radio no se fijara en las huellas de tristeza de su rostro. La víspera había permanecido muchas horas encerrado en el refugio del granero, llorando. Además, se había negado a cenar, para no encontrarse de nuevo con Sandra.

No quería ver a nadie, ni hablar. Pese a los intentos de Laura por saber lo que ocurría, Kiko no quiso decir una palabra y se marchó temprano a dormir, contra su costumbre veraniega de acostarse después de medianoche.

Tenía las mejillas ligeramente enrojecidas. Creía que las palabras de Sandra habían sido injustas y duras. Pero sobre todo recordaba a Laura. Él hubiera conseguido que su madre pudiera escuchar música tan pronto la radio llegó a la granja. Ahora se lamentaba de haber callado. Tenía un consuelo: había mantenido su palabra. Y el aparato funcionaba.

—Buenos días, Kiko —del aparato surgió el saludo cálido de cada mañana.

Kiko no respondió.

—Pero Kiko, ¡qué triste estás hoy! —dijo la radio—. Precisamente hoy, cuando habrías de estar más contento. Hoy terminas tu trabajo. Has ganado la apuesta que hiciste con tu tío. Podremos estar juntos a partir de ahora.

—Sí, claro, claro. He ganado —Kiko no quería hablar—. Estupendo.

El aparato permaneció en silencio durante minutos que se hicieron muy largos.

—Además, hoy es un día de fiesta, Kiko —murmuró de nuevo la radio.

—¡Ah, sí! La fiesta. Lo había olvidado.

Hubo otra pausa de silencio.

—Hay otra cosa que quería que supieras, Kiko. Aún no te lo había dicho. Mi verdadero nombre es Mágica, ¿te gusta?

—¿Mágica? Sí, es un precioso nombre.

Pero seguía contestando como si el asunto no le importara en absoluto.

Cuando Kiko se disponía a colocar la tapa en su lugar, después de una última ojeada, un temblor de rabia se apoderó de la radio. Era como un terremoto.

—¡No lo consentiré! Conmigo no puedes estar triste, ¿comprendes?

Kiko se asustó ante aquellos gritos. Ni siquiera pensando que soñaba consiguió tranquilizarse.

—Ahora mismo vas a contarme lo que te ocurre, Kiko, porque si no lo haces, no podré considerarte mi amigo. Vamos, habla.

—¿Tú también vas a enfadarte conmigo, Mágica? —Kiko creyó que empezaría a llorar otra vez, como el día anterior.

—¿Quién se ha enfadado contigo? No sé de lo que me estás hablando. ¿Es por eso por lo que estás tan silencioso? ¿Por eso tienes los ojos y los mofletes irritados? Dime, ¿es por eso?

Kiko no supo resistir más y contó a Mágica lo sucedido en el bosque, mencionando la conversación mantenida con Sandra y las

ilusiones de su madre. No ocultó que tenía miedo de los sortilegios de los brujos malvados, pues había disputado con Sandra y ya no quería volverla a ver.

—¡Pero Kiko, todo eso es un malentendido! —dijo Mágica—. Tú sabes lo mucho que te quiere y te admira Sandra. Además, si durante estos días te ha observado, disimulando que estaba dormida en su cuarto, es porque admira tu talento.

—Eso crees tú.

—No te preocupes, Kiko. A partir de ahora me encargaré yo de todo. Tú has trabajado mucho. Sólo te pediré un último favor. Debes llevarme al pueblo esta noche, quiero asistir a la fiesta.

—¿Cuándo volveremos a hablar?

—A partir de esta noche ya no será necesario que hablemos —dijo Mágica—. Ya lo entenderás después. Vamos, coloca la tapa y déjalo todo de mi cuenta. ¡Prepárate!

17

COMO había anunciado Laura, aquélla iba a ser una fiesta memorable. Igual que otros años, abundaban las casetas de entretenimiento, los tenderetes de artesanía y modestas atracciones circenses. También se había montado el tiovivo y por todo el pueblo brillaban, desde el atardecer, cientos de bombillas de colores situadas en las calles principales.

Tan pronto llegaron a la plaza del ayuntamiento, Quino pidió un helado. Sandra prefería el algodón de caramelo. Sólo Kiko se negó a tomar dulce.

—Con ese dinero puedo probar mi puntería —dijo.

Su madre le llevó al puesto donde se disparaba con bolas y viejas escopetas de perdigón contra diferentes blancos. Por unas pocas monedas, Kiko pudo probar tres veces. Tenía que derribar un muñeco vestido de payaso para elegir cualquier premio de la caseta.

Con la boca llena de helado de frambuesa, Quino se quejó.

—Yo quiero tirar, glups, también quiero, glups.

Laura aseguró que podría hacerlo cuando terminase de comer. Tanto ella como Sandra estaban pendientes de lo que hacía Kiko, que ya había tumbado en dos ocasiones al muñeco. Aún debía tirar la tercera bola.

El último impacto alcanzó nuevamente al muñeco.

Laura y Sandra aplaudieron a rabiar. Quino gruñó por lo bajo ante el triunfo de su primo y cuando Laura le avisó que ya había llegado su turno, murmuró de mala gana diciendo que todavía no había comido (glups) el helado entero.

Muy decidida, Sandra ocupó su lugar. Tiró tres veces y consiguió otro premio.

Quino volvió a gruñir.

—Vámonos, glups, esto es muy, glups, muy aburrido —dijo—, no me gusta, glups.

PMontero

—Espera, Quino, hay que elegir los premios —dijo Laura—, no debes tener prisa.

Kiko eligió una máquina de marcianitos. Sandra señaló un osito de peluche y tan pronto se le acercó el dueño de la caseta, se lo regaló a Laura.

—Tía Laura, esto es para ti. Te portas muy bien con nosotros.

La madre de Kiko no supo qué decir. Sandra miró de reojo a su primo, que ya se había concentrado en una partida contra los invasores de Marte.

Pasearon durante un rato por la feria y regresaron a la plaza mayor. La temperatura era muy agradable. Había anochecido ya y la anunciada actuación de la orquesta estaba a punto de empezar. Una muchedumbre aguardaba ante el escenario portátil.

En ese momento Adela, la profesora de Kiko, saludó a Laura. Parecía preocupada.

—¿Qué ocurre, Adela?

—Creo que los músicos no van a venir. Todos los miembros del comité de festejos están preocupados y se han reunido en el ayuntamiento.

—¡Pero eso no puede ser! —se escandalizó Laura—. Sería terrible.

—Como este pueblo está muy apartado, parece ser que el autobús en el que viajaba la orquesta no ha encontrado el camino —explicó la profesora—. Lo peor es que para cuando lleguen, la gente se habrá marchado. Será un descrédito para las fiestas.

Adela reparó en la concentración con que jugaba Kiko. El tintineo de la máquina de marcianitos le hizo volver la vista hacia él.

—Profesora —dijo Kiko, sin levantar los ojos de la pantalla—, yo puedo resolver el problema, si me lleva en su coche a la granja.

—Claro, Kiko, pero ¿puedes decirme de qué se trata?

—Ya lo verá. O mejor dicho, ya lo escuchará. Confíe en mí, eso es lo único que le pido —y acercándose a la profesora, le susurró al oído—: No voy a consentir que mi madre se quede sin bailar esta noche.

En el pequeño utilitario de la profesora cubrieron en pocos minutos la distancia entre el pueblo y la granja. Al llegar a su casa, Kiko corrió directamente hacia Mágica, que tras-

ladó a la parte de atrás del automóvil. No tardó ni dos minutos.

—Qué aparato tan grande, Kiko —dijo Adela—. Pero es un modelo antiguo. ¿Crees que funcionará?

—Está chupado.

Fue lo único que Kiko llegó a decir durante el viaje de vuelta.

Adela condujo el coche hasta la plaza, sorteando riadas de gente. Después ayudó a Kiko a subir la radio al escenario y a conectar los altavoces y los micrófonos. Varios técnicos se sorprendieron al distinguir el preciado modelo que el muchacho traía consigo.

Entonces le reconocieron.

—Hola, *Mecánico* —saludaron—. ¿Qué, es otro de tus inventos?

Pero Kiko no contestó. Tenía interés en distinguir a su madre en la masa que se había reunido en torno al escenario, aguardando el comienzo del baile. Como no vio ni a Laura ni a Sandra, conversó con su profesora. Quería hacer una pregunta.

Al principio, Adela pareció no entender. Todo había ocurrido tan rápido y de un modo tan sencillo que no podía admitir todavía que su alumno fuese el verdadero salvador de la fiesta. Escuchó las palabras de Kiko y se echó a reír.

—¡Pues claro que puedes hablar por el micrófono!

—Es que está muy alto —dijo Kiko.

Adela en persona inclinó el micro, una vez que el técnico le dio la señal, para que su pequeño amigo consiguiera su propósito.

Cuando se encendieron los focos del escenario, el silencio cayó sobre la plaza.

—Señoras, señores —dijo Kiko, imitando a los maestros de ceremonia del circo—, va a comenzar el baile.

Una ovación le interrumpió.

—¡Bravo, Kiko, bravo!

Kiko volvió a hablar cuando los aplausos fueron más débiles.

—La primera canción está dedicada a Laura, que es mi madre, y a la que no veo desde aquí... Es que ustedes son muchos y con tanto foco me estoy achicharrando.

La gente comenzó a reír. No por eso Kiko se desanimó.

—Sólo una cosa más, señoras y señores. Esta noche actuará para nosotros... ¡Mágica radio!

Una atronadora explosión de silbidos, aplausos y gritos acompañaron el anuncio. Fue tan fuerte y tan sincera la forma de manifestar la gente su alegría que Kiko se asustó. Llegó a pensar que algo malo había ocurrido.

Se equivocaba completamente. Por los altavoces flotaba ya la música, que envolvía y ponía en movimiento a la muchedumbre. El sonido era limpio e impulsaba a bailar.

Laura, Sandra y Quino esperaban a Kiko, convertido por la gratitud de todos en el héroe de la noche, al pie del escenario. Laura tenía lágrimas en los ojos, por la emoción. Quino comía un gigantesco helado de vainilla. Sandra sonreía de oreja a oreja.

Mientras su madre le abrazaba, Kiko comprendió el motivo por el que no les había visto delante del escenario. Carol y Mario, sus tíos, estaban allí. Igual que los demás, irradiaban orgullo.

—Estaba seguro de que lo conseguirías, sinvergüenza —dijo Tío Mario—. Pero no

pude imaginarme que sería tan hermoso, *Mecánico*. Has ganado.

Y señaló a la multitud que abarrotaba la plaza. Era un agradable e insólito espectáculo. La gente se divertía al ritmo de la música de Mágica radio. No se veía ningún rostro serio en todo el pueblo.

—¿Quieres bailar conmigo, Kiko? —preguntó Sandra—. Bueno, siempre y cuando me hayas perdonado lo de ayer.

Kiko se sonrojó.

—Es que, verás, hay un problema.

—¿Has quedado con otra chica? —Sandra miró a su primo fijamente—. ¿Es eso lo que vas a decirme?

—No lo vas a creer, pero es que no sé bailar.

—No te preocupes, tonto. Yo te enseño.

Y juntos fueron todos a bailar (salvo Quino, glups) al tiempo que en los alrededores empezaba a distinguirse el bullir fantástico y furioso de las hogueras.

Varios años después, cuando Kiko se convirtió en un famoso locutor de radio, aún recordaba aquella fiesta.

Telémaco, 43. 28027 Madrid

1.ª edición, octubre 1992

ISBN: 84-207-4822-6
Depósito legal: M. 28.905/1992
Impreso en ORYMU, S. A.
Ruiz de Alda, 1
Polígono de la Estación. Pinto (Madrid)
Impreso en España - Printed in Spain